群狼疾走

詩　佐波ルイ

版画　大島龍

群狼疾走

河童に聞け　河童の樹の人

このものがたりの始まり
それは
秋ふかまる寒冷なとき
を　疾走する存在
その存在に
気づいたときだった
と　今ならワカル
そして
一年(ひととせ)の伴走の後　別れ　は突然訪れた
だが
キミとワタクシの魂
は　別物の姿をまとい
今も　いつ迄も
あの疾走していくものたち
と　ともにある

目次

護符ニギリシメ　血流の共鳴に

コクコクコク　トキトキトキ
血流　共鳴する

そういう刻
護符　ぎゅっと握りしめ
オモウ

眼閉じ
薄く微笑んで・ミテ
云って・ミテ
薄くそっと
　　《だいじょうぶ　・　ダイジョウブ》

すると
ねッ　　聴こえてくる
コクコクコク　トキトキトキ
血流　の　共鳴

護符　握りしめ
オモウ　　　　　　今日は
キミの　イノチ継ぐ算段の　刻
ワタクシの臓器　波打ち
オモウ
この刻
キミの　身体　メス這入る　刻

ワタクシ　の深奥
ナニモノ　か　囁く
キミとワタクシ　ともに
決する刻
　コクコクコク　ときときとき
　dok_dok_dok　ゴッゴッゴッ
読唇術（とくしんじゅつ）・読心術（どくしんじゅつ）
キミとワタクシ　ともに
決する刻
　身体と魂の　在り様

決する刻
　タマシイなぞ　あるものか
とは　オモワヌいま
　タマシイなぞ　あるものか
と呟いた　あの刻
　悔いる　食い入る
ナニモノか　食い入る
あの刻　と
オナジヨウナ　疼き
　否
コレハ　疼き
では　ナク
血肉　に
食い入る　幻

罰当たりめ　幻聴が囁く
群狼　吹き抜け行く気配

そうか
冬月夜　この幻聴
そうだった

のか
深く　首部(こうべ)垂れ
頷く　冬月夜

あるんですネ　タマシイ
は
いるんですネ　オオカミ
は

群狼　駆け抜ける気配
冬月夜　のみ
なんて　トンダ早とちり
トンデモナイ　とんでもない

晩秋　病院　窓外を
群狼　駆け抜け
去る一瞬
観た　キミとワタクシ

群狼　駆け抜ける気配
イノチ注ぐ　疾走

疾走
此の世・此処　にて
キミとワタクシ
ヤルこと　告げたんだ

十一月

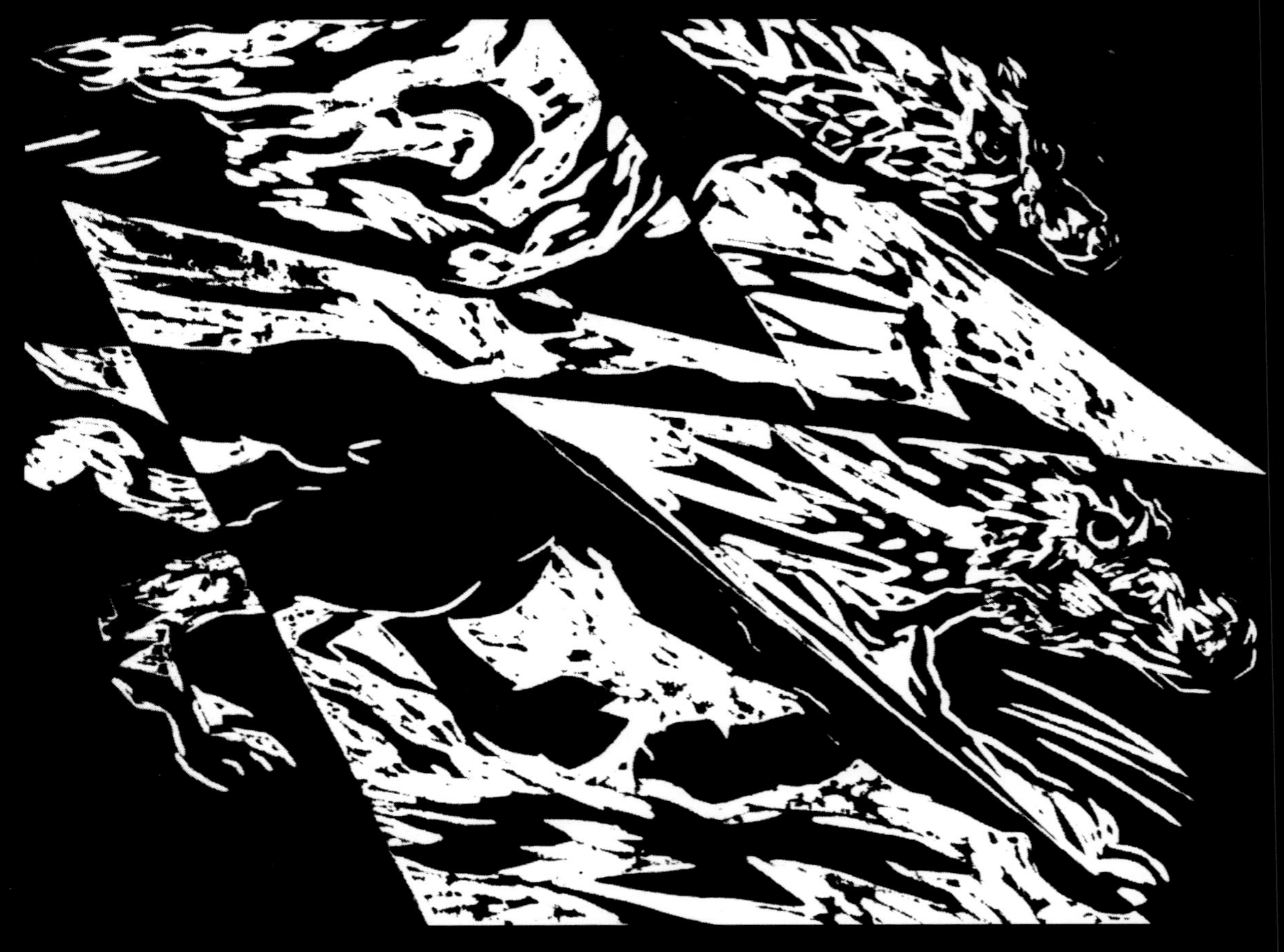

群狼　幻視　マッハ群狼のケハイ

夜半　雨音に眼あく
雨音のむこう
群れ　ひそやかに　　　　　ゆく

キコエナイ　ですか
キコウと　想わないと
キコエナイ
この　ひそやかに　ゆく
ケハイ

そっと
そっと

窓の　カタワラ
身　寄せ

H_u　ッ　！
溜息とも　つかぬ息
　　　モレ
窓の　向こう
　ケハイ
うなずくケハイして

H_a　ッ　！
感嘆符なぞる
　ワタクシの　唇（くち）

　ぁッ　ぁ
なぞる - なぞる

ひそやかに
　ゆく

マッハ　群狼
ワタクシの　瞳
の深奥
マッハ　群狼　ゆく
群狼
これは君の
あらゆる魂
のカタチ
群狼　マッハ

生命(いのち)　もえ
ほほえみ
なみだ
俯く　いかり

それらすべて
ない交ぜ　の
群狼
これは君の
あらゆる魂
のカタチ

群狼　マッハ
生命（いのち）
これからも

師走

群狼　宙返り　哭く遠吠えを

あれは　冬の夜
　月なき闇夜
ワタクシ脳内　疾走リズム
群狼疾走リズム
　　マッハ／＿マッハ／＿マッハ
　息上がる高揚感

蒼白い相貌　紅い眼（まなこ）
　　マッハ／＿マッハ／＿マッハ
脳内リズム　身をかさね
　疾走し　失踪してゆく
ワタクシ
私は女人でなく
群狼の内臓であった
　　マッハ／＿マッハ／＿マッハ

木枯らし消すな　このリズム
脳内脈打ち　なにごとか告げ
ﾏｯﾊ／＿ﾏｯﾊ／＿ﾏｯﾊ
群狼疾走のリズム
　あぁ　リズム心地よく
　ワタクシ
ﾏｯﾊ／＿ﾏｯﾊ／＿ﾏｯﾊ

曲がり角
　　一つ曲がるたび
変わる景色
　　　に替わるワタクシ

私は
　　群狼の内臓
から脳内へと
脈打ち転げ　宙返り

冬の
雪原十字路で
群狼遠吠え　宙返り
ワタクシ
脈打ち転げ　宙返り
群狼の血
コクコクと濃く
とき刻み
群狼　哭く遠吠え
ワタクシ群狼　　　　哭く遠吠え

曲がり角　　　一つ曲がるたび
変わる景色　　に替わるワタクシ

私は
哭く遠吠え
宙返りする　遠吠え
啼いた／_ ナイタ
哭いた／_ ナイタ

哭くたびに　私の相貌
　替わって　換わって
　河に変わって・いく

河は
　往く　流氷ぶつかる
　　オホーツクへ
宙返りする　河
宙返りする　遠吠え

流氷は
　　銀色の結晶で
　ワタクシ　迎え撃つ
群狼の遠吠えと流氷のぶつかる音
　ない交ぜ　万物結晶万華鏡

　冬の
　雪原十字路で
群狼遠吠え　宙返り

河は

脈打ち転げ　宙返り
群狼と河
血コクコクと濃く
とき刻み

群狼　哭く遠吠え
ワタクシ群狼
哭く遠吠え

新春

ふと立ちどまる 群狼 言祝ぐ頌歌(うた)は

群狼　内臓のワタクシ
　ふと
たちどまり
　ふとふと
たちどまり　小首傾げ
　呟く
何処だ　ここは
　ワタクシ　何してる

此処は雪原でなく
都会　三車線道路　中央分離帯
脳内羅針盤喪失　途方に暮れて
　つぶやく
何処だ　ここは
　ワタクシ　何してる

人工の荒野
　ナニに向かって
　ナニを乞うのか

群狼の群れ
　おおきな一匹
　のオオカミ陣形
新春の暁　躯染めて
進みゆく

群狼　内臓のワタクシ
　ふと
たちどまり
　ふとふと
たちどまり　首肯き
　呟く
行こう　彼方へ
　探しに行こう

暁の鐘鳴り
　夢想のらら
　・らせん
螺旋階段　天橋立
　らら
　・らららラバイ
晨と夕べの帳　群狼　昇る
　フフフ・のの
　・螺旋階段

空中楼閣　螺旋階段
　昇るワタクシ
脳内羅針盤喪失　よいよい宵山
　つぶやいて
何処でも　行こう　疾駆・疾駆
パノラマ一瞬にして
　雪原の結晶　眞白の結晶
　不二の富士媚態

群狼　内臓のワタクシ
　一歩踏み出し
おおきな一匹
のオオカミ陣形
　ググッと踏み出し
螺旋階段　スキップ
　一心不乱　群狼　昇る
進みゆく　昇りゆく

疾駆・疾駆
　パノラマ　　シック
群狼　一瞬にして
　雪原の結晶
眞白の結晶

群狼　内臓のワタクシ
　不二の富士媚態
見つめ合う

この日

石狩河口に佇んで　群狼と龍の記憶

石狩河口に佇む　狼の群れがいた
何時のことか　夢うつつの出来事か
　　ワカラヌ　こと

ダガシカシ
　　　である

ソコにいたということ　観たという感触
その残像が網膜の地層の奥に
　　確かに在る・ある
　　或る・その感触
雪深く不覚　伏角不確実不拡散
　　のその感触
　　・な・の・だ・が

ダガシカシ
　　　である

確かな・その感触
狼の群れの中に在り

石狩河口　佇み　観ていた
記憶　の感触
石狩河口　海の向こうに
ナニがある？
それを観たい・焼けつく嫉妬
にも似た狂おしい感情

魚になりたい この群れを抜け
魚になり回遊しつつ
遠くトオクに向かうんだ
焼けつく嫉妬
にも似た・突き上げ内臓
を焦がす・感情
に我を忘れそうになった
そのとき
傍らにいた輩（ともがら）・血脈の鼓動
キミ　　告げる

狼 魚になれぬ
魚は狼になれぬ・のと同じく

トクトクトクとくとくとく
この在る鼓動
教え諭す
右目から悔しき涙
左目から諦めるんだ
からの涙
脈絡などあるもんか
なりたいんだからなり
ならずんばなる
脈絡などあるもんか
墜ちろヨーグルト
乙だね小津映画
右目から悔しき涙
左目から諦めるんだ
からの涙

いつだってふらふら　　ふらふーぷ
の前はなんだった？

翔　空を駆けるモノなら
　ナンダッテなんだって
　イイんだ
　　ってうそぶいた
　　んだった？

日本海側は雪が続くでしょう　夜まで
あしたも降り続くでしょう
　二月は眠る
　　ラヂオ・告げる

日本海側じゃジャなく
エクス・アン・プロヴァンス　壟断(ろうだん)の岩
存在の何たるか・告げる岩
　セザンヌ　ぽーる・せざんぬ
　サント・ヴィクトワール山
古代からの記憶　ない交ぜ

欧羅巴狼日本狼わらしべ長者
　もの皆
静止　二月

群狼潜り込む
雪原の穴

微睡みフカク伏角かふか
眠りの糸落ちる
地中奥深く
太古の記憶
潜り込む

群狼潜り込む　雪原の穴
糸垂らす
太古の記憶
記憶鮮やか
蘇り　指し示す

微睡みフカク伏角　眠りの糸
糸垂らす
太古の記憶
記憶鮮やか
蘇り　指し示す

この波の　音だけ　　が雪原
吹き抜け

この波の　音だけ　　が雪原
　吹き抜け
　　太古の記憶　　と
　　群狼の記憶　　結ぶ

　　群狼と千年萬年の龍
　あの日・の・風の音
高く低く　低く高く
太古の記憶　吹き寄せ・る
　あの日・の・風の音
欧羅巴狼日本狼わらしべ長者
　もの皆
　静止　二月
　群狼潜り込む
　雪原の穴

　群狼と千年萬年の龍
　あの日・の・風の音
高く低く　低く高く
太古の記憶　吹き寄せ・る

あの日・の・風の音

微睡みフカク伏角カフカふかふか
　雪原の穴　ふかふか
太古の記憶の塵芥（ちりあくた）　伏角仰角
会って泣く　有って無く
眠りの糸幾重にも垂らし
堕ちろオチレロ

幾重にも　　地中奥深く　　太古の記憶
　鮮やか
　　蘇り
　　　指し示す・ところ

生命綱つなぐ生命しらず　聯綿滔々＊jazzy

生命知らず
　命綱生命知らず
　命からがら命取り
　ノ命拾い
生命恋々
　聯綿生命続く・か
その一粒　菜の花畑に墜ち
　次に渡す生命の連鎖
　聯綿
滔々・jazzy 流れ星

生命知らず
　命綱生命知らず
　命からがら命取り
　ノ命拾い
梟みている

流転聯綿

大鷲大空高く舞い
　急降下
摩天楼・ニューヨーク
生命恋々
　聯綿生命続く・か
　ゆくゆこう

生命知らず
　命綱生命知らず
　命からがら命取り
　ノ命拾い
一億年前・今日
明日・千年後
　桃の節句に生まれた大神さま
　塒ネグラ　求めモトメて
　流離い揺れユレテ行く
　生命恋々
　聯綿生命続く・か

　ゆくゆこう
イノチのみち
　あるか
　　おおきな産道参道
　　何処に行く

群狼　彷徨　咆哮
　　　曉に　群狼
別れ告げる咆哮
吼える　その声を聴いたか
　幻聴
　曉の色に一瞬に
　染まる群狼は
深林の奥深くに
紛れ行く
河のせせらぎ
　神瀬逢瀬
にいたという　狼は
河・神瀬逢瀬を
トクトクと　渡る

不可思議に
　クラリルラ　クラクラリ
血管血痕
　クラリルラ
　そんなそんな
　不可思議　フルラ唱和して

生命知らず
　命綱生命知らず
　命からがら命取り
　ノ命拾い
群狼　生命ツナイデ
　トクトクと　渡る
　不可思議に
　クラリルラ　クラクラリ
血管血痕
　クラリルラ
　そんなそんな
　不可思議　フルラ唱和して

一億年前・今日
明日・千年後
　桃の節句に
生まれた大神さま
群狼　ゆくゆこう
生命連鎖　聯綿

四月

旅立ちの行方　群狼＊生命ヤドリギの下（もと）

そんなこと
　があった
こんなこと
　もあった

幾たびも・幾たびも
　受け継がれ　　てゆく
生命のヤドリギ　　の下（もと）

キミ＊ワタクシ
　受け継ぎ　　渡す
　生命浮かび　　沈む
ここ・そこ
・どこかで
幾たびも・幾たびも
　受け継がれ

　てきた

生命ヤドリギ　　の下(もと)
微睡む　子等の生命
初めての感触
初めての目撃

此の世に
　在ること　心地よく
キミ＊ワタクシ
　受け継ぎ　渡す
生命　浮かび　沈む

生命のヤドリギ　　の下(もと)
季節移ろい　子等の生命
奔り出す
初めての地へ
初めての出来事を
求めモトメテ
　生命の連環
受け継ぎ　渡す

旅立ちに　　見つめ合う
　＊子等＊キミ＊ワタクシ

生命のヤドリギ　の下(もと)
　キミ＊ワタクシ
　受け継ぎ　　渡す
　生命浮かび　　沈む

子等＊見つめ合い
　キミ＊ワタクシと
　もんどりうって
群狼われら　疾駆＊疾走

此の世に
　在ること　　心地よく
受け継ぎ　　渡す
　生命浮かび　　沈み
疾駆＊疾走
　投げ出す生命
　この道は何処へ逝く

ワタクシ呟く
呟くこの口

　　アデン　アラビア　拾った詩句
　　アデン　アラビア

《僕は二十歳だった。それがひとの一生で
いちばん美しい年齢だなどと誰にも言わ
せまい》

五月

芽吹く　イノチおどるときに

朝の聲が
ワタクシのねむる身体
　　にそっとふれ
ワタクシの身体は
五月の風にゆられル
発光スル飛行体
　めざめル

群狼≒ワタクシ　は
大空のうえから見渡し
目撃・スル
ものみな芽吹く五月
目撃・スル
身体覚醒スル　トキ
キミとワタクシ
　　　　の魂・モ

否@否

此の世のもの等
すべての魂・が
覚醒スル　&　芽吹く　　トキ
カンカクに躯まかせ
　イノチおどる
　泡立つキモチ
ものみな芽吹く五月

　翠みどり
今日と明日でコトナル
　みどり碧
　ワタクシの眸ハ
かわりゆくみどり
・の工程ヲ
活写シヨウト　瞬きヲスル
瞬きガ　網膜ニ
永続スル絵画ヲ
活写スルんだ

群狼⫵ワタクシ　　は
ソンナ神話
信じようトシテ　いる
ワタクシの記憶
　との思いこみ
反芻したことのなかった
記憶でなく
ソンナコンナの
物語＊通奏低音
であるのか
モノガタリって　てぇえ？

アレハ　叙事詩？
　ノヨウナモノ
我が一族の絵巻物
だった・ような：

　　否@否
アレハ　ミクロの舟？
ニノッタ　我が胎内の旅路
だった・ヨウナ：

　　　否@否
アレハ　マクロの宇宙時計？
ナン万年もの加速する時間
だった・ような・・

　　　否@否
キオクでなく
　ナクナク
ヨゲンかな
　カナカナ

朝の聲
宇宙時計

朝の聲
　がワタクシの　ねむる身体
にそっとふれ
ワタクシの身体
は五月の風
にゆられル

発光スル飛行体
　のように　めざめ

群狼≑ワタクシ　は
大空のうえから見渡し
目撃・スル
ものみな芽吹く五月
目撃・スル

六月

雨愛でる紫陽花

キリル麒麟＊ときぐすり

紫陽花の記憶　は
　キリル麒麟
　霧伐るキリン
野生種＊可憐紫陽花
　忘却＊ときぐすり

そこ　にいたんですか
六月の
雨＊紫陽花
　頬寄せる
群狼内臓のワタクシ

梅雨入り＊梅雨明け
ドキドキとっぷり
ときときドップリ
とき＊しろうともせず

此処＊底に

野生種＊可憐紫陽花
　手にする
群狼内臓のワタクシ
何処に　誘う
あのあそこに
　誘う・か

紫陽花の記憶　は
　キリル麒麟
霧伐るキリン
野生種＊可憐紫陽花
忘却＊ときぐすり

忘却は
　イキルときぐすり
だろう・か
群狼内臓のワタクシ
首カシゲ＊傾げ

念入りに　忘却を
を点検＊専念

ソンナ＊コンナことも
あったヨナ＊なかったヨナ
yonayona ＊ nayotto ＊ sezu
に
人知れず　其処に在る
野生種＊可憐紫陽花

群狼内臓のワタクシ
刻む
霧雨＊濃霧ノームの
の其処＊底
出遭う不可思議の
のとき＊さだめ
野生種＊可憐紫陽花
そこ　にいたんですか
六月の

雨＊紫陽花
頬寄せる
群狼内臓のワタクシ

ソコニいたんですか
キミ
コクコクコク
トキトキトキ
血流　共鳴する
ワタクシ＊と＊可憐紫陽花

紫陽花の記憶　は
　キリル麒麟
　霧伐るキリン
野生種＊可憐紫陽花
　忘却の・のときぐすり

そこ　にいたんですか
　六月の

　雨＊紫陽花
　頬寄せる
　る＊群狼内臓のワタクシ

は鯵味アジられた・ワタクシ
だったノダロウカ
そんな気がする　梅雨ツユ知らず
ワタクシは　野次るアジる agitation
野生種可憐加恋凅れん
ソコニいたんですか　キミシロミ

霧　濃霧ノーム
麒麟キリン　霧伐るキリン
焙煎キリン　煤愛でる紫陽花

七月

豪雨キミシロミ　ごおおう＊ごおっと

ごおっ＊ごおおう★
ごおごおっ⁂ごおおう＊ごお
豪雨
ゴワゴワ
こわごわ
ごおっと
gororinn ＊ zeroria ＊
ソコニいたんですかぁぅ
キミシロミ
嘆き・ながら
のバス
昇り降りブーメランの
の彎曲の
のこの21世紀

　ブーメランの
の宵々宵山寄って
　酔って拠って

この道は
　いつか来た道・道の駅
此の世紀＊彼の世紀の
　の既視感逆転
観たよな
　夜な夜な nayonayo
　　yadayada
この道・何処へ
征く逝く

視界 ZERO
　zeroria ＊ zoaria ＊ zeriba
群狼とワタクシ
　隊列組み
おおきなおおきな
一匹の　　のオオカミ陣形

で　往くゆこう
dariria

豪雨
キミシロミ

ごおっ＊ごおおう★
ごおごおっ⁂ごおおう＊ごお
豪雨
ゴワゴワ
こわごわ
此の半透明の
の半島の
のソコニいたんですかぁぅ

キミシロミ

嘆き・ながら
のバス　の彎曲の
のこの21世紀

視界ZERO　zeroria ＊ zoaria ＊ zeriba
群狼とワタクシ　隊列組み
おおきなおおきな
　一匹の　のオオカミ陣形
　で　往くゆこう　dariria
視界ZERO　バルバトス balloon
　バルバロッサ balcony

この道は
　いつか来た道・道の駅
此の世紀＊彼の世紀の
　の既視感逆転
観たよな
　夜な夜な nayonayo
　　yadayada

この道・何処へ
征く逝く

gororinn * zeroria * eroria *

roria * oria *

ヘロリコだんですかあう

KIMISIROMI

K-KICK I-INK

M-MINK I-INK

S-SICK 疾駆 I-INK

R-RACK O-OAK

M-MINK I-INK

黄色い太陽が灼く　底＊其処＊そこで

八月　ミアゲル蒼穹ニ
　黄色い太陽ガ
　在る

群狼　内臓のワタクシ
ふと　立ちどまり
　みつめ呟く
何処だ　ここは
ワタクシ　何してる
時空の底＊其処で
塩一トン携えて
　時空の底＊其処で
　緑の閃光(green flash)　green flash(緑の閃光)
　内臓の底に　其処に
　タズサエ

薄目ヲアケテ　ご放念クダサイ
幼年期＊老年期タズサエ　ポツネント
無粋デショウカ　ご放念クダサイ

天下無双＊夢想封印

鬱勃たる闘志
ウツボツト湧く入道雲ニ
黄色い太陽ガ
在る
時空の底＊其処で
塩一トン携えて
時空の底＊其処で
緑の閃光（green flash）　green（緑の）　flash（閃光）
タズサエ
瑠璃色の幼年期＊縷々ノベツツも
鬱蒼タル八月の底＊其処で
緋色の老年期＊ポツネント感じ入る
無粋デショウカ　ご放念クダサイ

群狼　内臓のワタクシ
ふと　立ちどまり
みつめ呟く
何処だ　ここは
ワタクシ　何してる

ワタクシ＊今年の八月
はイケナイ

いけないボ゛ーダ゛ーライン超えた
肥えたん?· Nn?
声掛け rarezu
realist ＊ワタクシ
みつめ呟く
何処だ　ここは
ワタクシ　何してる

群狼　内臓のワタクシ
時空の底＊其処で
塩一トン携えて

みつめ呟く

ワタクシ＊今年の八月
はイケナイ

いけないボーダーライン超えた

ワタクシを灼く
黄色い太陽

あてどなき群狼 秋を踏む 今再び闇夜の投網

あてどなき　闇夜
あれはいつのことか
時間失いし
　あの日
　あの闇夜

群狼とワタクシ　隊列組み
おおきなおおきな一匹
　の
　オオカミ陣形

音もなく疾走
　の後
立ち止まった
　あの
　あそこ

キミ　立つ
あのあそこ　T字路
あれは異界への
　　　　T字路

隊列　姿かたち
　　　　換え
群狼とキミ＊ワタクシ
　　　　手探り
鎖鎌の構え
　　　　時間捕獲の
　　　　投網　投げ

怪しい客
　　　　捕捉
怪しい客
　　　　それは　時間
群狼とキミ＊ワタクシ
　　　　時間掴む　か
　　　　掴める　か
手中の砂

砂時計
音もなく　墜ち
キミ＊ワタクシ呟く
呟く　この口

桃の節句に生まれた＊キミ
幼子・大神さま
群狼とともに育ち
群狼が親代わり
そして友だった

此の世の知恵　酌む
泉水　覗く　キミ＊ワタクシ
うつるその相貌
姿 - 着ぐるみ - 魁偉寄生木
キミ＊ワタクシ
うつるその相貌＊魁偉寄生木
何時 - 何処 - 何故＊る - る
首かしげ　キミ＊ワタクシ

その姿　喪った相貌
破顔一笑　うつる - る＊その相貌
魁偉寄生木　warara-raura　- ら - ら

魁偉寄生木 - 姿 - 着ぐるみ
今★いつ迄も
此処★どこ迄も
あの・疾走していく
もの - 等ら　と
ともに在る＊有る
らら - ん＊ん
或る＊らら - ん＊ん

時間掴むか掴めるか
彼岸 - 此岸の狭★間
とば口　呟く口

時間滑り統べる
あのあそこ
T字路
彼岸 - 此岸の狭★間

異界への
　Ｔ字路

あの疾走していく
　　もの - 等ら
　　ともに
時間★螺旋漏斗滑り台
　昇り降りる
　キミ＊ワタクシ
姿 - 着ぐるみ - 魁偉寄生木
泉水覗き
　首かしげ　る - るる
　彼岸 - 此岸の狭★間

　異界への
　Ｔ字路

後書

　　冬眠　の　のちに
四、五年ぶりに会う　大島龍・オオカミ版画
　　　　　に　震えた
オオカミの瞳　　私の存在　にうなずく
　　瞳　　　深く・つよく・美しい
「キミ走れ！
ものみな走れ！
群狼疾走！」
　　私の　「秘密の花園」の鍵は
思いがけなく　も　ここにあった
　　　　　のか
そんな睡余　の　いま

二〇二二年二月　　佐波ルイ

群狼疾走

二〇二二年三月三日　初版発行

著　者　佐波ルイ
版　画　大島龍

発行者　植松明子
発行所　地湧（ちゆう）社
〒一一〇-〇〇〇一　東京都台東区谷中七丁目五番一六-一一
電　話　〇三-五八四二-一二六二
Ｆａｘ　〇三-五八四二-一二六三

装　幀　菊井崇史
印刷・製本　ニシダ印刷製本

ISBN978-4-88503-833-4　C0092　Printed in Japan